魔法少女奇遇記 1

神祕的夢幻魔法卡片

ひみつの魔女フレンズ1巻
はじめてのマジカル☆ストリート

著 ✦ 宮下恵茉
繪 ✦ 子兔
譯 ✦ 林謹瓊

撲通！撲通！
閃爍著粉紅色與銀色，
散發出夢幻般的光芒，
隨著泡沫
消失得無影無蹤。

這是一張
神奇的通行證，
能從這個世界移動到
另一個世界，

帶領你走進
另一個
不可思議的世界。

目錄
Contents

第2章 露歐卡的故事

人物介紹
Character

★·人類世界·★

山野薰

活潑開朗的小學四年級生。
對魔法滿懷憧憬。

奏太

小薰的青梅竹馬。

小薰的同班同學。

人物介紹
Character

★·魔法世界·★

露歐卡

熟知所有魔法的魔女。
魔法學校的四年級生。

香草

負責照顧露歐卡
的使魔*。

* 編註：「使魔」在奇幻故事中是指由魔法師或魔女所操縱的動物、惡魔、怪物或精靈，兩者之間有主從關係。

歐奇托

露歐卡的父親。
曾經是有名的
魔法師。

蜜歐娜

露歐卡的母親。
魔法界裡魔力
最強的魔女。

先從人類世界
說起吧！

第1章

小薰的故事

1
傾聽煩惱

「啦！啦！啦！不管看幾次都好可愛！」

現在是學校的最後一堂課，小薰眼前的新筆袋讓她看得好入迷。

筆袋上布滿了粉色系的彩色點點，拉鍊上掛著獨角獸吊飾。筆袋裡的鉛筆、橡皮擦、麥克筆，都是小薰喜歡的樣式。這個筆袋是小薰升上四年級時收到的禮物。

因為換了班級，小薰和原本很要好的同學分班了。不過，不久之後，

她又在新班級交到了新朋友。

小薰打算邀請新朋友亞美、花音、麗奈放學之後到家裡玩。

最後一堂課剛結束，小薰馬上向她們提出邀請。

「妳們今天要不要來我家玩啊？」

結果，她們三人面面相覷，不約而同做出了道歉的手勢，對小薰說：「抱歉！」

亞美要去練舞，花音要上英語會話課，而麗奈要去練習游泳。

「喔，這樣呀……」

小薰難掩失落，但又立刻打起精神，再次詢問她們：

「那……改約星期三或是星期四如何呢？」

三個人也同時搖了搖頭。

「抱歉……星期一到星期五都沒辦法……」

小薰相當驚訝。

「啊？每天都有才藝課要上嗎？」

「嗯，從幼兒園開始就這樣了。」

聽見亞美這麼說，麗奈補了一句：「亞美超級厲害的，她曾經在明星的演唱會上擔任舞者喔！」

「哇！好厲害喔！」小薰忍不住驚呼。

亞美不好意思的揮揮手說：

「謝謝妳的稱讚。不過，花音比我更厲害啦！她可以跟外籍英語老師流利對話呢！」

「真的嗎？」小薰詢問花音。

「嘿嘿，是沒錯啦！」花音害羞的聳聳肩，接著說：

「麗奈也很厲害呢！拿到許多游泳比賽的獎牌喔！」

「原來如此，大家都很了不起呢！」

小薰雖然也在學鋼琴，但是，比起在同一間鋼琴教室上課的青梅竹馬奏太，實力還是差了一截。所以，小薰不好意思告訴大

I'm in the 4th grade.

家自己有在上鋼琴課這件事。

「小薰，真的很抱歉，我們要先回家了。」

「明天見！」

「再見！」

目送她們三人離開教室，小薰沮喪的低下頭……感覺自己一個人被拋在原地，停滯不前。

「我也好想擁有可以讓大家覺得很厲害的能力喔……」小薰在心裡這麼想。

隔天，第五堂課的時候，班導川本老師發給每個人一張紙，並對大家說：

「依照慣例，今年也會舉辦『微風音樂會』，指揮及伴奏的工作就要麻煩四年級的同學來負責。現在，老師把演奏會指定曲目的樂譜發給大家。」

「微風音樂會」是學校在每年五月舉辦的音樂活動，四年級各班要進行合唱表演。

「有沒有同學自願擔任指揮或是伴奏呢？」

「在音樂會上伴奏感覺好帥氣呀！」小薰聽得出神，想起了去年的「微風音樂會」。

負責伴奏的學長學姐們，看起來真的好帥氣。可以在這麼大的舞臺上流暢演奏，實力無庸置疑。

小薰環顧四周，面對老師的提問，沒有任何人舉手。

奏太也一副無心參與的表情，用手翻弄著樂譜的邊角。

小薰將目光移向樂譜，整張紙被音符填得滿滿的，上面還有好多陌生的音符記號。而且，樂譜不止一張，總共有五張這麼多！

「哇！看起來超級難的！不過，如果能夠彈出這首歌，亞美他們應該會覺得我很厲害吧！」小薰在心裡想著。

「好，決定了！」

小薰毅然決然的舉起手。

「老師，我願意接下這個工作！」

小薰說完，教室裡響起了此起彼落的拍手聲。

「小薰好厲害！」

「原來妳有學鋼琴呀？真棒！」

大家紛紛稱讚小薰。

「沒有啦！沒有啦！」

小薰完全沉醉在好心情當中，忍不住得意了起來。

「嗯！大家這樣稱讚我，感覺我真的可以做到。」

今月の目標

川本老師望向小薰說：

「山野同學，下下週要開始進行合唱練習，妳在下週結束之前能夠準備好嗎？」

「啊……也就是說……我必須在合唱練習前，學會彈奏這首曲子嗎？」

小薰再次看向樂譜，內心深處有些不安。

「這麼難的曲子，對我來說果然還是太勉強了，我不可能做得到！」

小薰抬起頭，發現班上同學都用充滿期待的目光看著她，只有奏太的眼神裡帶著擔憂。

「嗚嗚嗚，現在這種狀況，怎麼可能突然說自己做不到！」

小薰努力擠出笑容，向老師點點頭說：

「好的……沒問題！」

「真是太好了！那麼就麻煩山野同學負責伴奏。」

川本老師一說完，拍手聲再度響起，而且比剛才更加熱烈。

「啊……我真是個笨蛋！」

當天放學後，小薰正好有鋼琴課，上課過程卻非常不順利。

上次老師交代練習一首曲子，因為小薰今天彈得不好，所以老師在她的樂譜上畫了一個大大的叉。

「小薰，妳有每天練習嗎？這樣下去永遠都不會進步喔！」

下課前，老師對小薰這麼說。

最近，小薰根本沒有練習彈琴，也難怪她完全達不到及格的標準。

「怎麼辦？我這樣根本不可能做好『微風音樂會』的伴奏工作……」小薰擔心的想著。

向鋼琴老師道別後，小薰垂頭喪氣的走出教室，正好在門口遇見了要來上課的奏太。

「下課啦？妳有把『微風音樂會』的樂譜拿給老師看嗎？」

小薰突然開口，但沒有回答奏太的問題：「奏太，拜託！」

她雙手合掌舉到面前，做出請求的手勢。

「奏太，不好意思，那個……請問伴奏的工作能不能換你來做呢？」

聽見小薰突如其來的請求，奏太驚訝得目瞪口呆。

「為什麼？妳不是自告奮勇接下這個工作嗎？」

小薰一時之間無法回答。

她不知道該如何向奏太解釋自己複雜的心情。

「是這樣說沒錯……但是，奏太彈得比我更好呀！你一定輕輕鬆鬆就能完成這個工作吧？拜託請你幫幫我！」

鋼琴教室

但是，奏太十分堅決，用力搖搖頭並說道：

「不行，我覺得自己辦不到。另外，我對指揮也沒有太大的興趣，只是因為學了鋼琴，老師堅持要我學習指揮的方法。」

奏太停頓了一下，接著又說：

「小薰妳一定沒問題的啦，加油！」

奏太說完，便走進了教室。

「怎麼這樣……當初自願接下任務，事到如今才說『做不到』，這怎麼可能嘛！這樣做，同學們和川本老師一定會感到很失望的。」

小薰身後傳來了鋼琴聲，是奏太正在彈奏樂曲。琴聲聽起來就如行雲流水一般，流暢悅耳。小薰絕對沒辦法彈得這麼好。

「就只有我，什麼專長都沒有。」小薰一邊說，一邊賭氣的踢開腳邊的小石頭。

「啊……如果我是魔法師就好了！這樣我就能施展魔法，把自己的彈奏技巧變得超級厲害。」想到這裡，小薰又搖了搖頭，好像清醒過來似的。

「我在想什麼呀……那是故事繪本和卡通動畫裡才有的情節，我只是個普通的小學生，怎麼可能會變成魔法師？該怎麼辦才好呢？」

2

神祕的夢幻魔法卡片

小薰正意志消沉走在回家的路上，天色突然變得好暗。小薰抬頭一看才發現，天空中烏雲密布，感覺就快要下雨了。

「哎呀！糟糕了！好像快要下大雨了，得快點回家才行。」

小薰將上課用的提袋抱在胸前，快步跑了起來。

雖然媽媽告訴過小薰，回家時要走車站前面那條人多熱鬧的道路，但那條路會繞比較遠才到家。

「轟隆隆隆隆……」

小薰聽見遠方天空響起了雷聲。

「沒辦法，只好抄近路。」小薰彎進了車站前的岔路。

一走上這條路，周圍瞬間從人聲鼎沸變得寂靜無聲。小薰想起媽媽曾經說過，這附近大多都是老舊房屋，已經無人居住。

「從這裡轉彎，應該就會通往我家前面的那條路。」小薰這

麼想著。

轉彎之後，眼前是一條彎彎曲曲的小巷子。

「咦？有點奇怪，是走這邊嗎？」

小薰又左彎右拐了幾次，看到的老房子外觀都差不多，始終找不到她認識的那條路。

就在她迷路的時候，天色變得越來越暗，雷聲似乎也越來越近了。

「啊！」

小薰的腳被絆了一下，整個人往前傾倒。

「好痛喔……」

幸好，在跌倒的瞬間小薰用手撐住地面，才沒有受到太嚴重的傷。不過，小薰跌倒時，提袋往前飛了出去。鋼琴樂譜和她喜歡的筆袋散落一地。

「哎呀，真是的！」

小薰蹲下身撿起樂譜和筆袋。

這時，天空中轟隆隆的低沉雷鳴越來越清晰。

「再不快點的話，就要下雨了……咦？」

小薰突然注意到地上似乎有什麼東西。

「這是什麼呀？」

她拾起那個東西，仔細端詳。

那是一張奇妙的卡片，卡片顏色隨著觀看角度不同而變化。

一下子是粉紅色的，一下子又閃耀著銀色光澤。

「卡片上寫的是英文嗎？」那是小薰沒有看過的文字。

看起來跟媽媽搭電車用的交通卡有一點像。

「應該是有人不小心遺落的吧？」

小薰拿著卡片，正要站起身，卻又不小心踩到鬆開的鞋帶。

「啊！」為了穩住搖搖晃晃的身體，小薰用手扶住了路邊的老舊紅磚牆，就在這時——

「啪！」眼前散射出一陣光芒。

「嗚哇！」光芒太過耀眼，小薰忍不住伸手擋住光，然後，慢慢的睜開眼睛。

結果……

「哇！這是什麼呀！」小薰不禁驚呼。

原本窄小的巷道突然變得寬廣，前方道路的兩側竟然林立著許多店家。

有著淺藍色大門的華麗商店、裝飾著各色氣球的店家、招牌上畫著一隻可愛大黑貓的商店……小薰猶如置身國外。

剛才那片灰暗的街道，彷彿被彩繪過一樣，紅色、藍色、黃色、粉紅色、橘色、淺紫色……變得鮮豔繽紛。

每一間店都好可愛，這裡就像一座遊樂園。小薰將卡片收進胸前的口袋，不知不覺邁開腳步，走進了那條街。

小薰走在街上，發現有許多裝扮奇異的人來來去去：戴著高帽子、披著長披風、一身全黑打扮的男孩；穿著粉紅色毛絨連身衣的人；從頭到腳都用花來裝飾的女孩……

每個人特立獨行的裝扮都讓小薰覺得驚奇新鮮，她覺得他們個個別具風格，而且都非常好看！

「咦？那是……」小薰認真觀察街上的行人們，發現很多人的手裡或是背上都有一支「掃帚」。

「為什麼他們都帶著掃帚呢？這裡流行這麼做嗎？」小薰正為此感到疑惑不解時，空氣中飄來一股甜甜的香氣，小薰忍不住深吸了幾口。

「這是什麼味道呀？」

小薰循著香氣往前走，原來前方有一家商店，販售著各種色彩繽紛的甜點。

五顏六色的果凍、彩虹色的棉花糖、粉色系的馬卡龍，還有南瓜造型的餅乾……每一個看起來都好好吃！

「現在想起來，今天還沒有吃點心呢！」小薰這麼想著，目光不自覺的落在點心旁邊的小立牌上。

「這個叫做『變換心意果凍』——不同的果凍顏色，帶給你不一樣的心情，好奇特呀！」

其他點心立牌上也寫著讓人摸不著頭緒的說明文字，像是：

「品嘗天空滋味的飛馬棉花糖」、「瞬間畫上萬聖節妝容的萬聖節餅乾」等等。

「真有趣！」小薰想要買一個甜點吃吃看，卻頓時失落了起來。

「哎呀！我沒帶錢呀……」

就在這時，原本正在接待其他顧客的店員姐姐，轉身來到小薰面前。店員姐姐留著蘑菇髮型，戴著貓耳造型髮飾。髮色是藍綠色的，臉頰上畫著粉紅色和粉紫色的愛心彩繪。

「歡迎光臨，想買點什麼嗎？」

小薰連忙搖搖頭，慌張的說：「不……不好意思，我沒有要買。」

不得已，小薰匆匆忙忙離開了那家店，店門口還有許多人正在排隊。

「話說回來，這裡什麼時候開了那麼多家商店呀？」

如果走車站前那條大馬路，從鋼琴教室到小薰住的大樓只需要十分鐘。小薰原

本以為自己對家裡附近的商店都已瞭若指掌。

「那些都是最近才開的店嗎？」

這條商店街販售的全都是小薰這個年紀的女孩會喜歡的東西。但是，小薰卻完全沒有在學校聽同學談論過這裡。

難道……是因為這些店都是在同一時間新開幕的嗎？

「雖然身上沒有錢，但如果只是看看，應該沒關係吧？」小薰一邊在心裡這樣安慰自己，一邊東張西望，四處觀察。

每一家店都太可愛了，全部都想要進去逛一逛呢！

小薰雀躍的往前走，突然在一間店前面停下了腳步。

那間店漆著純白色外牆，大門是鮮紅色的，就如同草莓蛋糕般甜美可愛。

小薰站在巨大玻

璃窗前，小心翼翼的探頭看向店內。裡面陳列著各式各樣的化妝品。

「好可愛！」

假日裡，小薰有時會和爸爸媽媽一起去商場逛街。不過，每當小薰想走進化妝品店，爸爸媽媽總是面露不悅的說：「還只是小學生，化什麼妝！」

「媽媽自己還不是每天都化妝！」小薰默默想著。

小薰的朋友有個正在讀中學的姐姐。之前小薰到朋友家玩，便和朋友偷偷用姐姐的化妝品。

小心的塗上桃粉色的指甲油、輕輕的刷上紫紅色的腮紅，小薰感覺自己有一點點像大人了。

小薰一直都憧憬著能夠擁有屬於自己的化妝品。

「進去看看有哪些化妝品吧！」彷彿受到磁力吸引般，小薰邁開步伐踏進了那家店。

3

美人魚的旋律指甲油

「叮鈴！」

小薰把門推開，悅耳的鈴鐺聲響起了。

「歡迎光臨！」

站在櫃檯後的店員姐姐轉向小薰，露出親切的笑容。

店員姐姐有一頭粉紅色頭髮，高高的盤在頭頂，形狀像霜淇淋。

她身穿一件黑色蓬蓬裙洋裝。全身上下戴著各式各樣的飾品，隨著她的動作而發出清脆的聲響。她的睫毛很長，而且是亮紅色的。

最引人注目的是，店員姐姐有一雙粉棕色的眼睛，似乎是戴了瞳孔變色片。總之，超

級時尚而且獨樹一格。

「她跟我說話了，該怎麼辦呀？」小薰相當緊張。

店員姐姐說完後又轉身走到櫃檯後方，好像正在取出盒子裡的新商品。

除了小薰之外，還有其他幾個女孩也在店裡逛。

「呼！幸好還有別人，這樣的話，稍微在店裡走走逛逛應該沒關係……」小薰環顧著店內的商品。

從護唇膏到眼影，從迷你香水到護手霜……看來販賣的品項跟大型購物商場的美妝商店大同小異，但是這家店的商品外包裝十分獨特。

「很多包裝上都有黑貓、精靈、蝙蝠的圖案，好像從來沒有看過這樣的化妝品呢！」

小薰有點疑惑。這時，店員姐姐從櫃檯後走到展示架前排列商品，與小薰四目相對。

「您好！請問想找什麼商品呢？」

小薰慌張的搖搖頭。

「啊……沒有！我只是覺得這家店很可愛，所以走進來看看而已……」

小薰這才發現，剛剛還在店裡的女孩們都不見了，她們似乎早已走出這家店。現在店裡只剩店員姐姐與小薰兩個人了。

「我身上一點錢也沒有，要是店員姐姐向我推銷商品的話，怎麼辦呀？」小薰在心裡想著。

因為太過心慌，小薰回答得語無倫次。店員姐姐面帶微笑說：

「原來是這樣呀，真令人開心！謝謝妳！」

看見店員姐姐的笑容，小薰心動了一下。

雖然姐姐看起來比小薰年長許多，但真的好可愛！

「放學正準備回家嗎？」

聽見姐姐這麼問，小薰舉起手中的提袋，點點頭說：

「剛上完鋼琴課……但是我怎麼樣都彈不好。」

沒想到，姐姐睜大亮紅色睫毛下的粉棕色雙眼，對小薰說：

「嗯……這樣呀……啊！只要用『那個』就行了，請稍等一下喔！」

店員姐姐走向窗邊的展示櫃，拿起某樣商品，接著走向小薰。

「請使用這個吧！」店員姐姐說著，展開手心給小薰看。

那是五個音符形狀的玻璃瓶，裡面裝著糖果色的指甲油。

每一瓶的顏色都十分鮮豔美麗，非常漂亮！

「這個是『美人魚的旋律指甲油』喔！妳應該知道該怎麼塗指甲油吧？」

聽見店員姐姐這麼問，小薰有些惶恐的回答：

「塗在指甲上，對嗎？」

小薰一說完，店員姐姐便用力點點頭。

「沒錯！只要塗在指甲上就行了，塗好之後就能輕鬆彈奏鋼琴了喔！」

「咦？只要這樣就能輕鬆彈奏鋼琴？代表著塗指甲油能鼓舞心情的意思嗎？」

看見小薰有些遲疑，店員姐姐將五款不同顏色的指甲油放在小薰面前一字排開，詢問小薰：

「妳喜歡哪一種音色呢？」

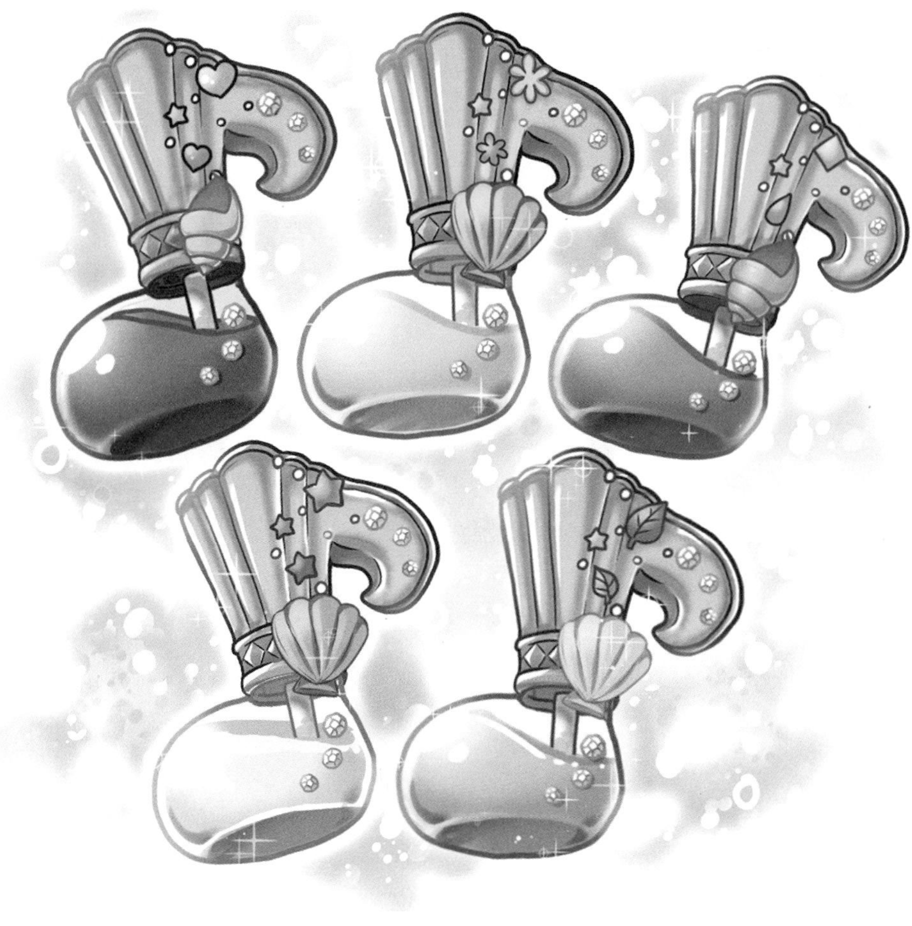

「音色？」

店員姐姐以帶著韻律的語調回答道：

「粉紅色能帶來春風般柔和優美的音色，黃色會彈出充滿活力的輕快節奏，紅色可以呈現熱情且讓人沉醉的音樂，藍色能營造悲傷黯然的氛圍，綠色能演奏讓心情沉著平靜的旋律。」

小薰聽得目瞪口呆，目光在指甲油與店員姐姐的臉之間來回移動。

「什麼？塗上指甲油後彈鋼琴，就會彈出妳剛剛說的那些音色嗎？簡直就像魔法一樣，真的有可能發生嗎？」

店員聽了噗哧一笑，彷彿一點也不足為奇，親切的說：

「妳在說什麼傻話呀？這裡可是魔法大道呢！妳也是為了購買魔法道具才來的吧？」

「魔法大道？魔法道具？」小薰一頭霧水，根本弄不清楚這究竟是怎麼一回事。

「魔法大道」應該是指這間店外面的那條街道，不過，「魔法道具」又是什麼呢？

店員姐姐看小薰一臉疑惑，便接著說：「那這樣吧！我來示範給妳看。」

說完後，店員姐姐拿起粉紅色指甲油，迅速塗在指甲上，並展示給小薰看。

「妳看，我現在塗了粉紅色的旋律指甲油，對吧？」

小薰相當認真的看著店員姐姐的指甲，她塗上了草莓牛奶般的甜美粉紅色，閃耀著柔和光澤。

「好可愛的顏色喔！」

聽見小薰的驚呼，店員姐姐說：「不只是可愛而已喔！」

她隨即舉起手來，彈了個響指。

「咦？」

眨眼間，店員姐姐雙手握著一支閃閃發光的銀色長笛，小薰完全沒注意她是什麼時候拿出來的。

「這是怎麼辦到的呀？」長笛像是一瞬間就冒出來了……

「我現在要開始吹奏長笛，仔細聽好了！」

店員姐姐說完後，將長笛舉到脣邊。

那一刻，響起了心靈也為之躍動的流暢笛音，彷彿有櫻花花瓣隨著柔和的風吹拂到小薰面前。

此刻身在店裡，卻宛如處在一片花海中，似乎還能聞到甜甜的花香。正在吹奏長笛的店員姐姐看起來十分陶醉，全身隨著節奏不停律動。

小薰也情不自禁隨之搖擺起來，認真聆聽長笛的樂音。

店員姐姐剛吹奏完一曲，小薰便報以熱烈的掌聲，說：

「妳真的好厲害！吹得太好了！」

結果，店員姐姐原本拿在手上的長笛，不知何時又消失了。

「奇怪？」小薰忍不

住東張西望，想著長笛去哪裡了。這時，店員姐姐將指尖伸到小薰眼前。

「看吧，就像我說過的。我剛剛是第一次吹長笛喔！能夠吹得這麼好，其實都是『旋律指甲油』的功勞。」

小薰的目光在姐姐的指尖跟臉之間來回移動了好幾次。

「什麼！妳說的是真的嗎？」小薰仔細回想，剛才姐姐用長笛吹奏的那首曲子，如果用顏色來比喻的話，帶給人們的確實是粉紅色的感覺。不過，如果說都是因為指甲油的關係，就能吹奏得這麼好，還是讓人難以置信。

「即便如此，指甲油本身真的好漂亮，而且裝在音符造型的玻璃瓶裡，其他人絕對沒有這種東西。粉紅色這款在指甲上的成色效果也很好，就算沒有魔法也會很想擁有。」小薰默默的在心裡想著。

「這個月的零用錢還剩下一些，之後再帶著錢包來買吧！」

小薰下定決心，接著對店員姐姐說：「不好意思，我現在身上沒帶錢，等我回家拿了錢包就來買。」

聽見小薰這麼說，店員姐姐驚訝得睜大雙眼。

「不過，妳不是有『魔法卡片』嗎？妳是因為有『魔法卡片』才來到這條魔法大道的吧？」

「魔法卡片？」

「哎呀！妳該不會沒有儲值吧？」

小薰完全聽不懂，於是詢問姐姐那是什麼意思。姐姐伸出塗著草莓牛奶色指甲油的手指，從小薰胸前口袋抽出了她剛剛撿到的那張卡片。

「啊！那是……」

小薰正想伸手拿回卡片，姐姐已經走到櫃檯將卡片放入機器讀取。

「咦？裡面儲值了很多錢呀！旋律指甲油一瓶只賣五魯恩，用這張卡片裡的錢購買所有顏色的指甲油都綽綽有餘呢！不過沒辦法這麼做，因為規定一張卡片一天只能買一種商品。」

「咦！」小薰驚訝的看著店員姐姐與她手上的卡片。

「卡片是誰儲值的呢？」小薰不禁感到納悶。

「一瓶指甲油五魯恩，是什麼意思呀？」

「為什麼一天只能買一種商品呢？」

小薰心中充滿了疑問。

「那麼，妳想買哪個顏色呢？」

店員姐姐突然湊到小薰面前這麼問。看著她那粉棕色的瞳孔，小薰不自覺的說：「粉紅色……我選粉紅色的。」

「沒問題！」

店員姐姐露出笑容，用手上那張卡片在櫃檯刷卡付帳。

「刷——刷！」

那清脆的聲響，彷彿流星劃過夜空般清脆俐落。小薰還沒回過神，姐姐已經將指甲油包裝好，放在她面前。包裝袋上緊緊繫著與指甲油顏色相同的草莓牛奶色蝴蝶結。

「感謝您的購買！」

小薰拿著指甲油以及那張神奇的「魔法卡片」，推開了鮮紅色的店門。

「哇！結果真的買了……接下來要去哪一間店呢？」這條路

上還有好多好多的店家呢……

「歡迎下次再來喔！」

小薰回頭看向店員姐姐，同時也朝向門外邁出了一步。但是，當小薰轉向街道時卻發現……

眼前竟然是那條老舊住宅街。

4

草莓牛奶色的魔法

「咦！什麼？這是怎麼回事？」

小薰十分驚訝的環顧四周。

前方是窄小的巷子，兩側是年代已久的老屋，小薰回頭一看，美妝店也不見了。剛剛還逛得很開心的魔法街道，瞬間消失得無影無蹤。

小薰抬起頭，原本烏雲密布看似快要下雨的天空，此刻卻變得晴朗無雲。再將視線往上移，可以看見小薰家大樓的頂樓。

「啊？怎麼會這樣？剛剛明明看不見呀……」

小薰看向自己的左手，手上還拿著店員姐姐包裝好的草莓牛奶色指甲油，胸前口袋裡也放著那張「魔法卡片」。

小薰小心翼翼的從口袋拿出魔法卡片。

「不過，妳不是有魔法卡片嗎？妳是因為有魔法卡片才來到這條魔法大道的吧？」

小薰想起了店員姐姐說的話。

「難道說……如果沒有這張卡片，就不能去魔法大道嗎？不過，剛剛發生的一切都是真的嗎？簡直就像魔法一樣嘛！」

小薰緊張得用力吞口水，直盯著眼前的老舊紅磚牆。那是一面老舊洋房的外牆，這棟洋房似乎已無人居住。

剛剛好像就是把卡片朝這裡推了一下，才通往魔法大道的。

小薰試著用力把卡片往牆上壓。

「看我的！」

大概壓了五秒，小薰小心翼翼的張開眼睛。但是，什麼也沒

有改變，只看到一如往常的老舊住宅街。

「咦？為什麼？」

小薰把卡片按在牆上無數次，但是，不管是更換卡片方向還是變換卡片位置，街道都還是原本的樣子。

「怎麼會這樣？」

這時，一隻黑貓慢悠悠的橫越過馬路，抬頭看見小薰的臉，停下了腳步。

「喵……」

只聽見黑貓細細尖尖的叫了一聲，輕巧的鑽進兩棟住家之間的夾縫裡，然後便消失得無影無蹤。

「原來如此！」小薰突然回想起來。

剛剛在那間美妝店裡，店員姐姐曾說一天只能買一種商品，該不會……

小薰心想，也許是因為魔法大道上規定一天只能買一種商品，所以不管她嘗試多少次，今天都沒辦法再前往魔法大道了。

雖然內心有著滿滿的疑問，不過有一件事情是非常確定的，那就是在魔法大道上買的「旋律指甲油」，現在正被小薰牢牢的握在手中。

「這真的是魔法指甲油嗎……塗上去以後，真的能像店員姐姐說的那樣輕鬆彈奏嗎？」

小薰迫不及待想親手嘗試「旋律指甲油」，於是加快了回家的腳步。

「我回來了！」

小薰洗完手後，便直接朝向自己的房間走去。

「妳回來啦，怎麼一副慌慌張張的樣子？」媽媽對小薰這麼說，但小薰根本沒有時間理會。

小薰關上房門，急忙從提袋中拿出「旋律指甲油」。滿懷緊張期待的心情，拉開草莓牛奶色的蝴蝶結。她發現包裝袋裡還裝了別的東西。

「咦？這是什麼呀？」

除了一瓶指甲油，袋子裡還有一張說明書。

「哇！從這張說明書上的內容來看，這好像是真正的魔法道具呢！」

小薰難以置信的用力嚥了幾下口水，緩緩轉開了旋律指甲油的瓶蓋。

媽媽平時塗的指甲油會有一股刺鼻的味道，但旋律指甲油完

魔法道具使用說明書

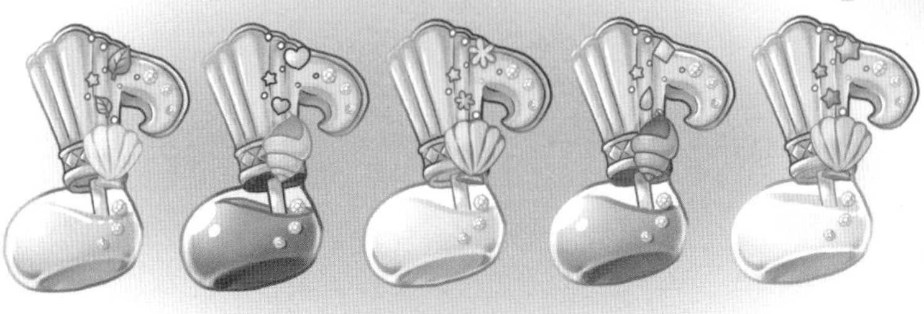

讓你更享受音樂！

美人魚的旋律指甲油

魔力 ★★

✦ 效　　果：雙手塗上指甲油，就能輕鬆演奏出優美樂曲。不同顏色的指甲油還能呈現出不同音色喔！

◷ 持續時間：只要指甲油還在指甲上，效果就會一直存在。用水清洗，就能簡單卸除。

❗ 注意事項：① 塗好的指甲油，顏色會隨著時間變久而變得越來越透明。

② 請酌量使用。如果塗得太多，就會像美人魚以歌聲催眠人類一樣，你的演奏也會讓聽眾們太過沉醉，而陷入睡眠喔！

全沒有這種味道，反而有一股草莓牛奶的甜甜香氣。

「說明書上寫著不能塗太多。」小薰拿起瓶蓋，將沾在刷頭的指甲油仔細在瓶口壓一壓，再輕輕的塗在指甲上，指甲瞬間染上了草莓牛奶的顏色。

「哇！顏色真可愛！」

看起來跟普通的指甲油沒什麼兩樣。

接著，小薰將指甲油逐一塗在雙手的指甲上。

「塗完了！」

小薰深深吐了一口氣，一邊看著指甲一邊將手高高舉起，遮住從天花板投下的燈光。

指尖閃耀著粉紅色的光澤。

說明書上寫著，這個叫做「美人魚的旋律指甲油」。如果世界上真的有美人魚存在，那她的鱗片大概就會是這個顏色吧……

「那樣一定很開心！」美人魚在海水中優雅擺動，隨著泡泡不斷

冒出的節奏，與鮮豔多彩的海洋生物們一同演奏交響樂。小薰想像著這樣的畫面，露出了笑容。

「事不宜遲，現在就開始來彈琴吧！」

小薰從提袋中取出樂譜，往客廳走去。

「怎麼啦？今天居然自己主動要練琴，真是稀奇呢！」

媽媽正在廚房準備晚餐，對小薰難得的舉動回應了兩句。

「哎呀！這又沒什麼……」小薰默默心想。

小薰不想回應媽媽，獨自走到鋼琴前坐下。她將「微風音樂會」的樂譜架設好，深深呼出一口氣。

她張開雙手，再一次凝視指甲。感覺指甲油顏色比剛才淡了一些，不過依然閃動著光澤。

小薰打算打鐵趁熱開始彈奏，沒想到，才把手指放上琴鍵，手指竟然自己動了起來！

「什麼？」

小薰為此驚訝的同時，她的手指居然像是跳舞般，輕巧流暢的在琴鍵上面來回穿梭，奏出一連串的音符。

鋼琴聲彷彿春風拂面，十分悅耳動聽，讓

人不自覺想跟著擺動身體。

「好開心！」小薰閉上雙眼，讓身心完全投入在手指所編織的音符之中。

小薰好想跟著音樂一起唱歌，正準備開口的時候，突然聽見了其他聲音。

小薰嚇了一跳，馬上張開眼睛，看見站在廚房裡的媽媽正陶醉的隨著鋼琴聲哼唱。配合小薰的演奏，媽媽也哼唱到曲子的最後。彈奏結束後，媽媽熱烈的為小薰鼓掌。

「小薰妳彈得真好！什麼時候變得這麼厲害呀？」

媽媽從廚房跑了過來，把手放在小薰的肩膀上。

「嗯……這個嘛……」

小薰還在苦惱著不知如何解釋，媽媽已將目光轉向樂譜。

「這是『微風音樂會』的曲子？老師指定妳負責伴奏嗎？」

媽媽十分興奮的詢問小薰。

「啊？是這樣沒錯……」

「真的很了不起！話說，妳彈得這麼好，被選為伴奏也是理所當然的嘛！媽媽都不知道妳的鋼琴功力已經這麼深厚了呢！」

媽媽說完後，在原地轉了個圈，心情愉悅的回到廚房。

「哇……被媽媽稱讚了！」

小薰認真盯著自己的指甲，上面的指甲油幾乎變成透明色了，跟說明書上寫的一樣。

「我真的變成鋼琴高手了，果然，那瓶指甲油有魔法！」

5

閃耀光芒的旋律

隔天，小薰將原先的指甲油徹底清洗乾淨後，又重新塗上了旋律指甲油。

「好！這樣子就可以再次展現魔法了！」

小薰踏著輕快的腳步，往學校走去。

「小薰，早安！」

到了學校，在換室內鞋的地方，小薰聽見有人跟她打招呼。

回過頭看，原來是奏太。

「你也早呀！」小薰充滿活力的回應。

「伴奏的曲子練得怎麼樣了？」

面對一臉擔憂的奏太，小薰自信滿滿的點頭。

「嗯！超級完美！」

奏太聽見這句話，有點驚訝。

「喔？這樣啊……」說完後，奏太便陷入沉默。

「我知道了，因為昨天我拜託奏太代替我伴奏，所以他很擔心我。」小薰在心裡想著。

小薰胸有成竹的說：「如果你是擔心我的伴奏，現在一點問題也沒有喔！我在家試彈結果很順利，而且也練習過很多次了。」

「這樣啊，那就太好了……咦？」此時，奏太直盯著小薰的指尖。

「妳在指甲上塗了什麼啊？」

小薰頓時感到驚慌失措，趕緊把手握得緊緊的，並且把指甲藏了起來。

「沒有呀，什麼也沒有。」小薰試著以笑容掩飾。奏太也沒有多說什麼，只說：「那我先走了。」便繼續往前走了。

「呼！奏太的觀察力真是敏銳！」小薰小心翼翼的把手鬆開，看著指甲。雖然指甲閃耀著光澤，但看起來還是透明的，沒關係，一點也不顯眼。

「嘿嘿，大家聽了我的演奏一定會大吃一驚！」

到了音樂課的時間，小薰在音樂教室入座後，便對松尾老師說：「老師，我已經可以彈奏『微風音樂會』的伴奏曲了。」

這句話在教室裡引起了一陣騷動。

「山野同學，妳是說妳已經練會了嗎？昨天才把樂譜給妳，妳今天就可以彈奏了？」

松尾老師是教音樂的專科老師，嗓音相當優美，但在教學上是出了名的嚴格，總是皺著眉頭，擠出深深的眉間皺紋。如果誰沒有好好練習，就會被她叫到鋼琴前面訓斥一番。

小薰握緊拳頭，向老師點點頭。

「是的！沒有問題。」

「那麼，可以彈一次讓大家聽聽看嗎？」

聽見松尾老師這麼說，小薰從座位上起身，走到鋼琴前面。

學校使用的是平台式鋼琴，比小薰家的電子琴大多了。小薰將樂譜放上譜架，在鋼琴椅上坐好，深深吸了一口氣，接著將手指放在琴鍵上。

隨即鋼琴聲如流水般傾瀉而出。

當小薰開始彈奏，所有人都陶醉的閉上眼睛，身體隨著音樂而律動起來。松尾老師一開始雙手抱胸，態度嚴峻，沒過多久，臉上也浮現出微笑，專心聆聽小薰演奏。

演奏結束後，大家都聚集到鋼琴旁邊。

「小薰真是太厲害了！」

「簡直就是專業的鋼琴家！」

大家紛紛稱讚小薰。

「老師，我們想趕快開始練習合唱！」

「那就請小薰開始伴奏吧！」

因為大家熱烈的要求，所以當天的音樂課改為合唱練習。看著同學們跟隨自己的伴奏，神采飛揚的唱著歌，小薰感到非常的開心。

「演奏真的好有趣！」

小薰的班級比其他班級更早開始練習音樂會的合唱曲，同學們的合唱技巧因為多次練習而越來越進步。

其他班的同學聽到這樣的消息，都為了聆聽小薰的演奏來到音樂教室，一探究竟。然而，讓小薰更開心的，莫過於受到亞美、花音與麗奈的讚美了。

「小薰的鋼琴彈得真好！」

「說不定比松尾老師還厲害！」

「有這麼了不起的專長，好羨慕！」

這些話讓小薰滿心歡喜，她忍不住反覆回想。

「好開心，我也有讓大家覺得很厲害的專長了！」

✦

毫無疑問，微風音樂會那天，小薰班級的表現獲得了滿堂彩。

由於比別人更充分的練習，大家表演時一點也不緊張，順利完成演唱，而小薰的伴奏也相當完美。

不僅是小薰的父母，連前來觀賞表演的同學家長們，也對小薰的表現大力稱讚：「真是了不起！」

「嘿嘿嘿，我辦到啦！」

小薰看著自己閃閃發亮的指甲，忍不住露出微笑。

6

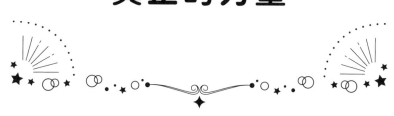

真正的力量

「啊！快來不及了，得趕緊準備才行。」小薰看著房間裡的時鐘，急急忙忙的旋緊指甲油瓶蓋。

今天有鋼琴課，依照慣例，在出門去上鋼琴課之前，小薰會事先塗好指甲油。

「指甲油已經用掉很多了呢！」

小薰對著窗戶將瓶子高舉，透過光

線看看瓶裡的指甲油還剩下多少。

剛買來的時候，指甲油滿到接近瓶口。之前為了「微風音樂會」的練習，小薰每天都會塗，所以已經用掉了不少。

「不過沒關係！我還有這個！」

小薰打開上鎖的抽屜，從裡面拿出了一張卡片。那是一張會隨觀看角度變換而變色的卡片，看起來既是粉紅色，也閃著

銀色的光芒——那正是能夠前往魔法大道的「魔法卡片」。

「下次要買什麼顏色的指甲油呢？我也好想試試看其他的顏色喔！」

自從塗上了旋律指甲油，小薰總是被老師大力稱讚。過去讓小薰憂鬱萬分的鋼琴課，現在則讓她無比期待。

之前一直都沒辦法達到及格標準的指定曲，也託指甲油的福順利過關。現在小薰已經在彈奏新的曲目，就快趕上奏太的練習進度了。

「好！今天也要加油！」

小薰將卡片放回去，鎖上抽屜，走出了房間。

小薰到達鋼琴教室時，遇見了剛結束課程走出教室的奏太。

「小薰，妳現在要去上課嗎？」

「對呀，今天你的課排在我前面呢！」

小薰正打算與奏太道別，奏太突然開口了：

「那個……」

看著奏太欲言又止的樣子，小薰疑惑地歪著頭詢問：「什麼事啊？」

奏太這才直截了當的說：「妳最近的演奏風格好像跟以前有點不一樣。」

小薰聽了這句話有些心驚膽跳，慌忙握緊雙手，藏起指甲。

「糟糕，難道奏太發現魔法指甲油的事情了嗎……」

「哪……哪裡不一樣啊？」小薰極力克制住顫抖的嗓音，詢問奏太。

結果，奏太認真思考了一下，然後說：「感覺妳彈得非常開心。」

「啊……我看起來很開心嗎？」

小薰震驚的問。

奏太滿臉笑容的點點頭說：「對呀，之前妳彈鋼琴的樣子感覺很痛苦，彈出來的旋律也都有氣無力。現在妳變得開心多了，我覺得這樣很好啊！」

奏太說完後，有點不好意思的低下頭，說了句「再見」就走出去了。

小薰緩緩鬆開手，看著自己的指甲。

奏太說的沒錯，從前的自己真的很討厭彈鋼琴，因為總是彈不好。但是，有了旋律指甲油，再也不用擔心自己的表現，能夠自由自在的彈奏。

彷彿回到了剛開始學習鋼琴的那個時期。

「這麼說來，為什麼我一開始會想要學鋼琴呢？」

幼兒園的時候，媽媽曾帶小薰去觀賞「微風音樂會」的演出。當時，小薰的鄰居姐姐擔任鋼琴伴奏。小薰看著她，忍不住心生憧憬。

鄰居姐姐彈奏的悅耳音樂，伴隨著臺上小學生哥哥姐姐的優美歌聲，讓小薰也不自覺的跟著律動了起來。

「我也想要那樣彈鋼琴！」

懷抱著這個想法，小薰央求媽媽讓她學鋼琴，一直學到現在。

剛開始學鋼琴的自己，光是讓鋼琴發出聲音就很開心。聽見鋼琴

的琴音，心情就興奮雀躍，陶醉在彈鋼琴的過程中，無法自拔。

不過……隨著年紀增長，練習曲的難度也越來越大。總是無法順利彈奏，於是小薰漸漸變得自暴自棄。

當時臺上那個彈鋼琴的姐姐，看起來是如此輕鬆愉快，而自己無論怎麼練習，手指都不聽使喚，錯誤連連，根本沒辦法完成一次完美的演奏。

於是，小薰將全部心力都專注於指法，卻忘記了彈奏出琴音這件事帶給自己的快樂。

奏太說的沒錯。之前一心想彈好鋼琴，而讓自己深陷痛苦，應該要更隨心所欲沉浸在音樂世界裡才對呀！

小薰回到家，洗過手後，便把指甲油卸除得一乾二淨。然後，她坐回琴前，翻開樂譜，開始彈奏。

響起的琴聲，聽起來卡卡的，一點也不順暢。

「哎呀，小薰妳怎麼了呢？今天的狀況好像不太好。」

正在摺衣服的媽媽聽見小薰的演奏，表示關心詢問。但是小薰沒有理會，繼續彈著。

「即使彈錯了，也不要太在意。重要的是，我想要彈出能表達心中感受的旋律！」

心裡冒出這樣的想法後，手指竟然自己在琴鍵上舞動了起來。雖然速度與節奏都不太協調，琴聲也不太流暢，中途還卡了好幾次，此刻小薰依然感覺無比開心，但是她明明沒有塗上魔法指甲油。

小薰彈得痛快淋漓，心滿意足的結束了演奏，愉悅的闔上了琴譜。

「果然，不能只靠魔法的力量，還是要憑自己的力量去完成才行呀！」

小薰將手伸進口袋，拿出指甲油。因為有這瓶指甲油，小薰才發現——雖然自己一點也不厲害，她還是很喜歡彈鋼琴。

「所以，就算不再依賴魔法指甲油也沒關係了！」小薰在心裡這麼想。

「對了！話說……」

小薰急忙回到自己的房間，打開抽屜。她再次拿起那張跟指甲油一起放在包裝袋中的說明書，仔細閱讀。

「讓你更享受音樂——美人魚的旋律指甲油。」

「原來是這樣呀！」

不要只想著要成為鋼琴高手，最重要的前提是——享受音樂。只要有了這樣的信念，也許不知不覺就成為真正的高手了。

「多虧了旋律指甲油，讓我領悟到這個重點。」小薰將說明書與旋律指甲油緊緊抱在胸前。

自從那天之後，小薰就不再塗旋律指甲油了。

就算鋼琴老師不像前陣子那樣大力稱讚她，小薰也不會討厭上鋼琴課了，還會主動練習，不需要媽媽提醒。

「小薰的演奏風格又改變了呢！不過，現在的音色聽起來比以前的更開心。」上完鋼琴課回家的路上，奏太這麼說。

小薰笑逐顏開點點頭說：「沒錯！就算不像奏太一樣厲害，我也更喜歡彈鋼琴了！」

聽完小薰說的話，奏太微笑著回應：「那真是太好了！」

「明天見！」

「好，再見！」

與奏太道別後，小薰忽然想起了一件事。

「魔法卡片還一直放在抽屜裡呢！」

因為偶然撿到『魔法卡片』，小薰意外去了一趟魔法大道，在那裡接受了店員姐姐的推薦，第一次使用魔法卡片購買東西。

當時為了買旋律指甲油付了五魯恩，如果換算成小薰生活的世界裡的幣值，會是多少呢？小薰毫無頭緒。但是，小薰現在才意識到，她在未經主人允許的情況下使用了這張卡片。

比方說媽媽的交通卡，必須要事先跟媽媽借才能使用。照這樣看來，小薰隨意使用撿到的卡片，用卡片裡的錢來購物，跟小偷沒有什麼兩樣。

「糟糕，我原本沒有惡意的呀……」

不僅如此，魔法卡片的主人一定會因為遺失了這張重要的卡片而感到十分困擾。

「這張卡片的主人到底是誰呢？」小薰不停的想著。

那些突然出現的店家，雖然看起來多采多姿又時尚可愛，但似乎都有點不尋常。街道上的行人也跟小薰平時看見的不太一樣。其中最不可思議的莫過於「旋律指甲油」了。

那是真的能讓人愉快彈奏樂器的魔法指甲油，小薰從未見過或聽過這麼神奇的指甲油。

「魔法卡片的主人該不會是魔法師？」小薰覺得一定是這樣沒錯。

「如果魔法師知道我隨意使用了魔法卡片，應該會生氣吧？說不定還會用魔法來懲罰我！」

想到這裡，小薰用力搖了搖頭，希望可以甩開這個念頭。

「在魔法大道上遇到的那些人，不僅裝扮好看，也都非常和藹可親。只要向那位弄丟魔法卡片的魔法師好好解釋，一定會得到諒解的！」

「魔法大道上有各種不同的商店，不曉得其他店裡賣的是什麼樣的魔法道具呢？」

「好想再去一次！」

這些想法接二連三的冒出來，期待感便在小薰心中不停膨脹。小薰邁開腳步朝家的方向奔跑。

「我回來了！」

衝進家門後，小薰片刻也不停留，直接走向房間。她著急的打開書桌抽屜的鎖，拉開了抽屜——

魔法指甲油、說明書、以及魔法卡片都放在裡面。

「再去一次那條巷子試試看吧！必須找到這張卡片的主人，讓魔法卡片物歸原主。」

小薰凝視著魔法卡片，緊張得心跳加速。

「我要向魔法師誠懇道歉，然後再跟魔法師成為朋友！」

「擁有一個魔法師朋友，這是其他人絕對做不到的事情，一定超棒的！」光是想像就讓小薰開心得不得了。

第2章

露歐卡的故事

1

我討厭魔法學校！

「好，現在把之前的魔法陣考卷發還給大家。」

聽見老師的這句話，露歐卡不自覺的抓緊洋裝裙襬。

「請大家拿回自己的考卷。這次考試，只有一個人獲得滿分——露歐卡同學！」

聽見自己被老師第一個點名，

露歐卡小聲回應：「是！」並從座位上站起來。

露歐卡走到老師面前，老師笑容滿面的將考卷拿給露歐卡。

「恭喜妳，又考滿分了，表現得很好！」老師一邊說，一邊拍拍露歐卡的肩膀。

「真受不了，為什麼每次都要在大家面前這麼說……」露歐卡在心裡這麼想，沉默的點點頭。

露歐卡走回自己座位的途中，聽見周圍的同學交頭接耳說著悄悄話：

「這也難怪！她是蜜歐娜的女兒嘛……考滿分不是理所當然的事情嗎？」

「我們怎麼可能跟她相提並論啊！」

她們一邊低聲私語，一邊還不時抬頭看向露歐卡。

「太煩了，我真的好討厭上學！」露歐卡把頭垂得更低，默默走回自己的座位。

露歐卡是魔法學校的四年級生。魔法學校一共有十個年級，學生只要完成所有課程並通過最後的考試，就能成為獨當一面的魔女或魔法師。

不過，露歐卡在進入魔法學校之前，就已經把四年級要學的魔法全部學會。不僅如此，魔法學校教材裡的所有魔法，露歐卡也都能穩定操控及運用了。

為什麼呢？

因為露歐卡的母親——蜜歐娜，她是魔法世界裡擁有最強大魔法的魔女。

而且，露歐卡的父親歐奇托據說也是一位知名魔法師。但他在她出生後沒多久便去世了。

露歐卡的魔法天賦或許是遺傳自父母。

除此之外，還有一件事。

由於蜜歐娜的魔力十分強大，每當魔法世界需要大規模的魔法支持，就會請蜜歐娜出馬。因此她經常要飛往魔法世界各地。

其實，魔法世界與人類世界是相互連接的，但是大多數人不

知道這一點，人類世界裡只有極少數人知道魔女和魔法師的存在。

當人類世界裡出現了光靠人類力量無法解決的問題時，人類世界的代表就會尋求魔法世界的幫助。於是，魔法世界會指派能力頂尖的

魔女及魔法師到人類世界，在不為人知的狀況下，用魔法為人類解決問題。

當年，露歐卡的父親歐奇托為了幫助人類而造訪人類世界，卻不幸發生意外，並因此喪命。

由此可知，前往人類世

界對魔女和魔法師來說，是多麼危險的一件事情。

即便如此，蜜歐娜在失去歐奇托之後，依舊會在人類世界需要的時候前往，為人類解決困難。也因為這樣，露歐卡從小就得經常獨自一人留在家裡。

蜜歐娜會在家裡的許多地方施加魔法，所以不用擔心露歐卡沒東西吃，也不需要整理打掃就能保持家裡的整潔。但是，一個人等媽媽回家的露歐卡感到非常孤單寂寞。

為了轉換心情，露歐卡鑽進書房，認真研讀魔法書。

魔法書裡記載各種魔法的施展方法，就像是魔法的教科書，就連已經成年的魔女和魔法師，要讀懂書中內容也有些困難，但露歐卡將書房裡的魔法書全部

讀了一遍。

也因為這樣，魔法書裡各種魔法的施展方法，露歐卡都熟記在腦海中。不過，魔法世界規定，必須就讀魔法學校十年，才能夠得到認證。

露歐卡別無選擇，只好去上學。

「啊！真無聊！」

露歐卡看著窗外的風景，深深嘆了一口氣。

「好討厭學校，老師教的內容我早就知道了。在學校也沒有任何朋友。雖然不想去上學，但也不想待在家裡。」

蜜歐娜即便偶爾回家，也不像其他媽媽那樣關懷照顧孩子。如果露歐卡向媽媽撒嬌，蜜歐娜反而會嚴厲的說：「自己的事情要自己負責！」

露歐卡無論在哪裡都找不到歸屬感。

下課了，露歐卡一如往常獨自走出教室。

「嘿！妳看《小魔女》了嗎？」

「看了看了！是介紹『魔法大道』的特輯對吧？哇！我也好想去那裡逛逛喔！」

露歐卡聽見同班同學正在興奮的談論這個話題。

《小魔女》是年輕魔女們最愛看的節目，可以透過魔法鏡收看。她們口中的「魔法大道」，是一條林立著許多魔法商店的街道，年輕魔女都喜歡到那裡逛街。露歐卡只有去過一次，是媽媽蜜歐娜帶她去的。

魔法大道上販售著各種繽紛可愛的魔法道具，不只外型吸引人，還能讓每個人都能輕鬆施展稍有難度的魔法。

但是，一次就只能購買一項道具。因此從眾多品項中慎重篩選出一個自己最喜歡的商品，也是逛魔法大道的樂趣之一。

班上似乎正在流行收集魔法大道上販售的各式魔法道具，不過，這都是露歐卡特意去聽同學們聊天才知道的，因為根本沒有人會來跟露歐卡聊魔法大道的話題。

「為什麼我沒辦法跟其他人成為朋友呢？」露歐卡陷入思考。

從小到大，露歐卡總是一個人孤零零的。因為是蜜歐娜的女兒，周圍的大人都會給予露歐卡特殊待遇，而看到這種情形的孩子們，自然會認為露歐卡與眾不同。

只要有魔法，什麼事情都能辦得到。但是，露歐卡深切體會到，就算運用魔法也沒辦法實現的就是——與他人心意相通。

其實，露歐卡曾經想要運用魔法來交朋友，有一次她使用了必須要有許可才能施展的「操縱人心魔法」。

露歐卡偷偷在同學卡雅莎的身上施展了這個魔法，讓她一整天都跟自己一起玩耍。

她們並肩騎著魔法掃帚在天空飛行、一起去採藥草、一起去找黑貓……度過了非常開心的一天。

到了傍晚，準備與卡雅莎道別的時候，露歐卡解除了魔法。

「我們今天玩得這麼開心，卡雅莎以後一定也會繼續跟我一起玩！」露歐卡對此抱持信心。

但是，魔法被解除之後，卡雅莎就一臉害怕的說：「妳對我做了什麼？」

於是，露歐卡又慌張的使出魔法，消除了卡雅莎的記憶。卡雅莎完全忘記曾經與露歐卡一起玩耍，就這樣回家了。看

著卡雅莎漸行漸遠的背影，深受打擊的露歐卡忍不住放聲大哭起來。

「即使運用魔法的力量，讓別人成為了自己的朋友，但是只要魔法一旦消失，對方就會離自己而去。」

露歐卡從那一次的經驗裡，

學到了這個刻骨銘心的道理。

「魔法這種東西，根本一點用也沒有。」不知從何時開始，露歐卡有了這樣的想法。

無論她懂得多厲害的魔法，都沒辦法得到真正想要的東西。

「雖然魔法什麼都辦得到，卻得不到真正想要的東西。若是如此，我寧願不要有魔法。」露歐卡在心裡這麼想。

2

溫布康特沼澤

「露歐卡，妳在發什麼呆呀？」

露歐卡的斗篷裡忽然冒出一隻全身有著雪白絨毛的老鼠，牠是露歐卡的使魔，名叫「香草」。

「真囉嗦，發呆又沒關係！」

聽見露歐卡的回應，香草激動得抖動鬍鬚說：「竟然說我囉嗦！我可是蜜歐娜大人特地派來照顧妳的啊！」

香草用後腳站得直挺挺的，向露歐卡大聲宣告。

「所以才討人厭啊！」

露歐卡進入魔法學校後沒多久，蜜歐娜就將香草送到她身邊。

「這個使魔會好好照顧

妳的生活。」蜜歐娜說。

「我才不要什麼老鼠，我只想要媽媽在家裡照顧我！」

露歐卡雖然心裡這麼想，卻沒有真的說出口。就算說了，應該也只會被蜜歐娜訓斥一頓吧！

魔法學校的學生當中，只有露歐卡擁有使魔。因此，露歐卡再三告誡香草，絕對不可以在學校出現。要不然，她又要被大家說「反正露歐卡就是高人一等」了。

露歐卡拿出魔杖，在空中畫出一個「魔法陣」。

「古洛亞・塔路卡貝！」

隨著露歐卡大聲念出咒語，魔法陣瞬間變大。

所謂「魔法陣」，就是召喚魔物和進行魔法儀式時畫的圖形。線條形狀、角度位置不同，能夠施展的魔法也不一樣。

即便是已成年的魔女或魔法師，也很難熟練畫出魔法陣，但露歐卡十分擅長運用魔法陣施展魔法。

「露歐卡，妳畫出那種魔法陣，到底想要做什麼？」香草驚慌的詢問。

「我想做什麼就做什麼，跟你沒有關係，你先去旁邊！」露歐卡說完後，伸出手想把身上的香草抓起來。香草見狀趕緊躲回斗篷裡。

「不行！我的職責就是照顧露歐卡。關注露歐卡的一舉一動是我的義務！」

露歐卡不理會香草，鑽進了飄浮在空中的魔法陣。

「妳要去哪裡？不會是一些奇怪的地方吧？」香草在露歐卡的斗篷裡驚慌的高聲喊叫。

香草雖然整天碎碎念，但不管怎麼說也都是露歐卡的夥伴。露歐卡自己也很明白這一點。

魔法陣的另一端一片漆黑，露歐卡取出魔杖，朝魔杖的前端輕輕吹了一口氣。

「呼！」魔杖前端燃起了小小的火焰。

露歐卡手持燃著火焰的魔杖，毫不遲疑的向前邁步。

「露歐卡，這裡該不會是……」香草攀到露歐卡的肩膀上，一臉害怕，環顧四周。

魔杖前端的火焰照亮了周圍，露歐卡發現自己走在一座昏暗的森林中。

露歐卡每踏出一步，腳邊都會響起乾枯樹葉碎裂的清脆聲音，微風迎面而來，吹拂著露歐卡的頭髮。

不知從何處傳來了動物般的叫聲，但是露歐卡沒有停下腳步，繼續往前走。

「為什麼要來蘇翁森林……妳該不會是想去『那裡』吧？」

香草壓低音量這麼說。

然而，露歐卡一副無所謂的樣子，繼續前進。

「我勸妳打消念頭！如果蜜歐娜大人知道妳這麼做的話……」

香草說著，害怕得顫抖起來。

「被媽媽知道了又怎樣？如果害怕的話，你就回去呀，我是不會阻止你的！」

露歐卡這番話，香草聽得目瞪口呆，只好豁出去似的說：

「都來到這裡了，怎麼可能再掉頭回去！嗚……有什麼後果我可不負責喔！」

周圍的樹影不停搖曳，顫動的樹葉沙沙作響，遠方隱約傳來野獸的嚎叫。但是，這些都沒有讓露歐卡卻步。

走了一段時間後，露歐卡終於停下步伐。她將魔杖探向前方，周圍只有一片漆黑。

「到了……」露歐卡緊張得抿了抿乾燥的嘴脣。

這裡是魔法學校再三告誡學生絕對不准靠近的「溫布康特沼澤」。據說，透過這個沼澤能夠通往其他世界。

露歐卡沉默不語，將手伸進斗篷裡，拿出了一張卡片。

那是一張觀看角度不同、表面顏色也會不同的卡片，看起來既是粉紅色，也閃耀著銀色的光芒。

「露歐卡，妳……妳想做什麼？」

香草的目光從露歐卡身上移向溫布康特沼澤，又從沼澤移向露歐卡手中的卡片。

那張具有魔法力量的卡片，被稱為「魔法卡片」。

只要有這張魔法卡片，就能前往魔女們嚮往的魔法大道。

而且，只要在魔法卡片裡儲值，就能夠購買超棒的魔法道具，只不過每日限購一項道具。

今天早晨，餐桌上就放著這張卡片，並附上一張紙條：「妳可以自由使用。」

露歐卡曾聽說，班上同學的父母會以贈送魔法卡片作為考了好成績的獎勵。因此大家努力讀書，為的就是拿到魔法卡片，跟朋友一起去魔法大道逛街。

「媽媽是不是以為……送我這張卡片，就能讓我開心呢？但是我根本沒有可以一起去魔法大道的朋友。」露歐卡一邊凝視著魔法卡片，一邊這麼想。

「媽媽完全不了解我，甚至也沒有想要了解。對她來說，我的事情一點也不重要。

我討厭學校，也討厭媽媽。我才不需要這種東西，就算只是拿著它，也只會讓我感覺到自己有多可悲。」

露歐卡拿著卡片，將手高高抬起。

「露歐卡，別這樣！蜜歐娜大人也是為了妳好才送這張卡片給妳的呀！」

香草說這句話的同時，魔法卡片也從露歐卡手中掉了出去。

「啊啊啊！」

「撲通！」香草的拚命勸說毫無作用，只聽見東西落水的聲

音，魔法卡片緩緩沉入沼澤。那微弱的光芒被黑暗所吞噬，瞬間就消失了。

「露歐卡！妳做出這種事，腦子裡到底在想什麼！該如何向蜜歐娜大人解釋啊……」香草聲嘶力竭的大叫，在露歐卡肩膀上氣急敗壞的跳個不停。

露歐卡撥了撥頭髮，輕巧的轉過身說：「我才不會解釋。」她爽快的說完這句話，便邁開步伐往前走。走在蘇翁森林中，冰涼的風拂面而來，發出颯颯聲響。

「我不需要那種東西，我也不會當一個對媽媽百依百順的乖寶寶。」

「為什麼要說這種偏激的話呢？蜜歐娜大人是為了妳著想，希望露歐卡獨自在家的時候能過得開心一點，才送給妳魔法卡片的呀！」

露歐卡用銳利的目光瞪著香草說：「好，那我問你喔！香草你覺得我去魔法大道會感到開心嗎？你覺得我看起來很想去魔法大道嗎？」

「這……」

香草頓時語塞，不過馬上重振精神，再度勸說：

「總之，我們回到沼澤那裡去，現在也許還來得及把魔法卡片撿回來！」

香草竭盡全力想說服露歐卡，但露歐卡冷靜的回答：

「不可能，溫布康特沼澤通往另一個世界，丟下去的東西不可能撿得回來，所以我才特地來這裡丟。」

「話是這樣沒錯啦，可是……」香草忍不住慘叫。

「就算沒有魔法卡片，我也可以施展出所有魔法，但媽媽連這都不知道，她根本不關心我這個女兒！」

露歐卡雙手緊握著拳頭，強忍著不讓眼淚掉下來，快步穿越蘇翁森林。

雖然丟掉了那張討厭的魔法卡片，但是露歐卡的心情一點也沒有變好。

3

鏡子裡的那個女孩

那天以後，露歐卡就不再去魔法學校了。露歐卡施展了「化身魔法」，變成媽媽蜜歐娜的模樣，通知老師自己不去上課。

「由於露歐卡健康狀況不佳，所以我讓她暫時在家休養。為了不落後進度，這期間的課業，我會來指導她，請老師不用擔心。」

老師應該也料想不到，才四年級的露歐卡會懂得「化身魔法」，況且那位偉大的「蜜歐娜魔女」還說要親自教導，因此聽了也相當放心，露歐卡輕易就矇混過關了。

◆

「露歐卡！妳就這樣一直待在家裡，到底有什麼打算？」

跟老師聯絡完畢，香草以慌張的語氣詢問露歐卡。

「我想怎麼樣都無所謂吧！」露歐卡一邊這麼說，一邊卻對自己今後的動向感到茫然。

雖然的確不想去上學，但是露歐卡也還沒想到自己接下來要做什麼。

「魔法卡片也丟掉了，蜜歐娜大人馬上就會發現！」

「啊……真的嗎？」露歐卡聽了香草的話，嚇了一跳。

「這不是顯而易見的嗎？蜜歐娜大人就連我太放縱妳這一點都知道，她把魔法卡片送給妳，也是因為想知道妳在魔法大道會買些什麼吧？」

「看吧，我真的很不喜歡媽媽這麼做。」露歐卡緊咬下唇。擺出一副什麼都瞭若指掌的樣子，想讓所有事情都依照她的想法進行，想到這些露歐卡就感到煩躁不已。

「咦……怎麼回事？」露歐卡發現，香草的鼻子突然抽動了好幾下。

「什麼？怎麼了嗎？」聽見露歐卡的疑問，香草從毛茸茸的身體裡取出了一面小小的鏡子。

「有人使用了妳的魔法卡片！」

「啊？是誰？怎麼會發生這種事？」

露歐卡將魔杖指向香草手中的鏡子，結果，魔杖像一面放大鏡，放大了鏡子裡的影像。鏡子上面還寫著：

艾莉庫莎美妝店・五魯恩・旋律指甲油

「艾莉庫莎是那家店的名字嗎？」

香草搓搓鏡子後點點頭，回應露歐卡的疑問：「那是魔法大道上販售化妝品的商店，看來有人使用了露歐卡的魔法卡片，在那裡購買了旋律指甲油。」

「旋律指甲油？那個不是用來哄小孩的玩具嗎？到底是誰買的？」露歐卡難以置信的問。

香草舉起鏡子，驚訝得把原本小小的眼睛睜得好大。

「妳看，這……這不是人類嗎？」

香草讓鏡子映照出魔法卡片被使用時的店內景象。

鏡子裡可以看到一個與露歐卡年紀相仿的女孩，她頭髮及肩，穿著有點奇特的衣服。

「你怎麼知道她是

人類呢？」露歐卡好奇的詢問。

香草一臉得意的回答：「哼，妳也不想想我活了多久！許多年輕的魔女和魔法師從未看過人類，但我長年擔任魔女和魔法師的使魔，才如此見多識廣……哎呀！露歐卡妳有沒有在聽呀？」

露歐卡的心思早就飛到其他地方了。

「為什麼人類要用我的魔法卡片購買『旋律指甲油』呢？還有……不曉得是不是我多心，怎麼覺得那個女孩長得跟我有點像呢？」露歐卡感到緊張不安。

「魔法書裡有寫，人類無法施展魔法。沒辦法運用魔法會是什麼感覺呢？人類沒有魔法，要怎麼生活呢？」

蜜歐娜明明這麼常去人類世界，卻從來不告訴露歐卡關於人類世界的事情。

「話說回來，爸爸就是因為去了人類世界才不幸喪命的，為什麼媽媽還要為了幫助人類而前往他們的世界呢？」

露歐卡心中有著滿滿的疑惑。

「香草，我問你喔！」

露歐卡認真看著香草，然後說：

「那個女孩應該會再去魔法大道，對吧？」

「咦……我怎麼會知道呢？」

「我認為她會再去一次，因為她一定會想要擁有其他的魔法道具呀！」

露歐卡一邊說，一邊不自覺的興奮起來。

原本什麼也做不到的人類，獲得了魔法的力量，會有什麼感覺呢？

「跟我這樣的魔女相比，會有哪些不同呢？」

「真想再多了解那個女孩！」

「露歐卡妳該不會……」香草慌張的說。

「好！我要去魔法大道看看！」

「妳要怎麼去？妳剛剛才把魔法卡片丟掉。」

露歐卡對香草的擔憂嗤之以鼻。

「我還需要那種東西才能去嗎？我可是蜜歐娜的女兒——露

歐卡！就算沒有魔法卡片，只要利用魔法陣，想去哪就能去哪！」

「妳真是的，不要再任性妄為了！」香草大聲疾呼加以阻攔，但露歐卡都當作耳邊風。

「我要去找那個女孩，人類究竟是什麼樣的生物，我要自己去找出答案！」露歐卡將魔杖放在胸前，往前邁出了一步。

（待續）

為大家介紹
魔法世界

魔法房間

祕密的
說明書

沒想到會遇見真正的魔法，好驚訝喔！多虧了旋律指甲油的幫助，我更加喜歡鋼琴了。而且呀……我還發現，在說明書的背後，還附上了詳細敘述美人魚傳說的「魔法筆記」喔！這應該是魔女和魔法師必學的內容吧！真是令人期待！

超級可愛的
魔法道具！

魔法筆記

什麼是「美人魚」？

「美人魚」指的是女性的人魚。
上半身是人、下半身是魚的身體。
美人魚會手持鏡子與梳子，坐在海邊的礁石上，
一邊唱歌一邊梳理著頭髮。
順帶一提，男性的人魚就稱為「人魚」。

今人驚嘆！

迷人的「羅蕾萊傳說」

關於美人魚的傳說，較為人所知的是朝船隻唱歌的美人魚。據說美人魚的歌聲優美又充滿力量，聽見歌聲的人會沉醉其中並不可自拔，以至於無心划槳。而「羅蕾萊」是位於人類世界德國的礁石名稱，傳聞在那裡能聽見美人魚的歌聲。

為大家介紹
魔法世界
魔法房間
艾莉庫莎
美妝店
魔法商店「艾莉庫莎」有各式各樣的有趣商品！以下就由我來介紹一些值得推薦的魔法道具吧！
精靈香水
噴在身上後，身體就會飄浮在空中。
天鵝洗髮精
洗完之後會有一頭純白又蓬鬆的秀髮喔！
蝙蝠眼藥水＆蝙蝠假睫毛
使用後，就算在黑暗中也可以清楚看見東西。
貓咪乳液
擦上這個乳液，就能像貓咪一樣輕盈安靜的走路。

我的魔法卡片竟然會在人類女孩的手中！
那位女孩接下來會買什麼呢？
魔法點心？魔法文具？或是魔法書？
如果你到了魔法大道，會想去什麼樣的商店呢？
美人魚的泡沫肥皂
抹上後在水中也能呼吸喔！
公主唇膏
說話會變得優雅且有禮貌！
珍珠蜜粉&化妝刷
用了絕對不會晒黑！
毒蘋果油
可以讓皮膚變成紫色！適合在萬聖節使用。

★ 第2集的故事預告 ★

小薰和朋友們一起玩的時候，
亞美最喜歡的帽子被弄髒了，
朋友之間也變得有點尷尬……
明明大家都沒有錯，也不希望為了這種事情起爭執。
看來只能用魔法來解決了！
小薰打算要再度前往魔法大道？
期待小薰與露歐卡
的奇幻相遇！

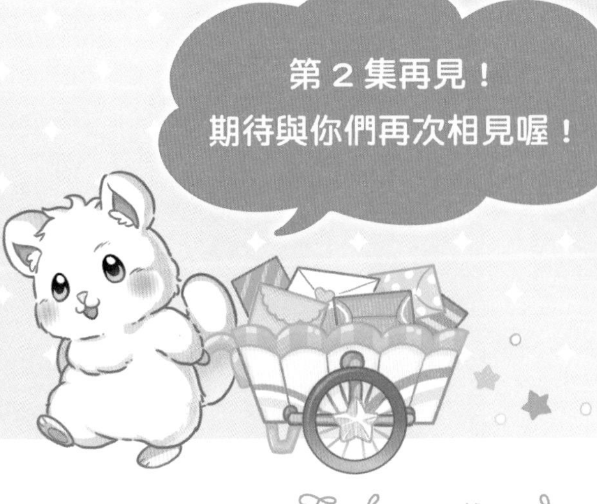

To be continued...

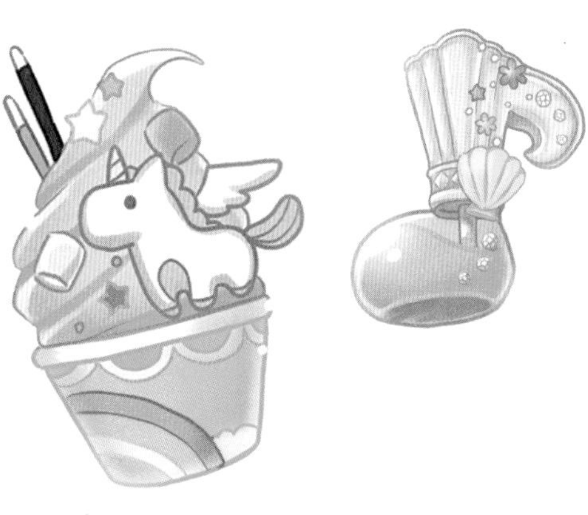

故事館

故事館 041

魔法少女奇遇記 1：神祕的夢幻魔法卡片

ひみつの魔女フレンズ1巻　はじめてのマジカル☆ストリート

作　　者　宮下恵茉
繪　　者　子兔
譯　　者　林謹瓊
語文審訂　曾于珊（師大國文系）
副總編輯　陳鳳如
封面設計　張天薪
內頁排版　連紫吟・曹任華

出版發行　采實文化事業股份有限公司
童書行銷　張惠屏・侯宜廷・林佩琪・張怡潔
業務發行　張世明・林踏欣・林坤蓉・王貞玉
國際版權　施維眞・劉靜茹
印務採購　曾玉霞
會計行政　許俽瑀・李韶婉・張婕莛
法律顧問　第一國際法律事務所　余淑杏律師
電子信箱　acme@acmebook.com.tw
采實官網　www.acmebook.com.tw
采實臉書　www.facebook.com/acmebook01
采實童書粉絲團　https://www.facebook.com/acmestory/

ISBN　978-626-349-549-4
定　　價　320元
初版一刷　2024 年 2 月
劃撥帳號　50148859
劃撥戶名　采實文化事業股份有限公司
104台北市中山區南京東路二段95號9樓
電話：(02)2511-9798　傳眞：(02)2571-3298

國家圖書館出版品預行編目資料

魔法少女奇遇記. 1, 神祕的夢幻魔法卡片 / 宮下惠茉作 ; 子兔繪 ; 林謹瓊譯. -- 初版. -- 臺北市 : 采實文化事業股份有限公司, 2024.02
192 面 ; 14.8×21 公分. -- (故事館 ; 41)
譯自 : ひみつの魔女フレンズ 1 巻, はじめてのマジカル☆ストリート
ISBN 978-626-349-549-4 (平裝)
861.596　　112021182

Himitsu no Majo Friends 1 Hajimete no Magical Street